folio benjamin

ISBN : 978-2-07-057784-2
Titre original : *The Tale of Peter Rabbit*
Publié pour la première fois par Frederick Warne,
Londres en 1902
© Frederick Warne & Co 1902, pour le texte et les illustrations
© Frederick Warne & Co 2002, pour les nouvelles
reproductions des illustrations de Beatrix Potter
© Gallimard Jeunesse 1980, pour la traduction française,
2006, pour la présente édition

Numéro d'édition : 150574
Loi n° 49-956 du 16 juillet 1949
sur les publications destinées à la jeunesse
Premier dépôt légal : octobre 2006
Dépôt légal : février 2007
Frederick Warne & Co est le propriétaire
des droits, copyrights et marques du nom
et des personnages de Beatrix Potter.
Imprimé en Italie par Editoriale Lloyd
Maquette : Barbara Kekus

Beatrix Potter

Pierre Lapin

GALLIMARD JEUNESSE

Il était une fois quatre petits lapins
qui s'appelaient Flopsaut, Trotsaut,
Queue-de-Coton et Pierre.
Ils habitaient avec leur mère sur
un banc de sable à l'abri des racines
d'un grand sapin.

– Mes enfants, dit un jour Madame Lapin,
vous pouvez vous promener dans les champs
ou le long du chemin, mais n'allez pas
dans le jardin de Monsieur MacGregor.

– Votre père a eu un accident là-bas,
Madame MacGregor en a fait un pâté.

– Allez vous amuser, mais ne faites pas
de bêtises. Je vais faire des courses.

Madame Lapin prit son panier et son parapluie
et s'en alla, à travers bois, chez le boulanger.
Elle acheta une miche de pain bis et cinq
petits pains aux raisins.

Flopsaut, Trotsaut et Queue-de-Coton,
qui étaient de bons petits lapins, descendirent
le long du chemin pour cueillir des mûres.

Mais Pierre qui était très désobéissant courut
tout droit au jardin de Monsieur MacGregor

et se glissa sous le portail.

Tout d'abord, il mangea des laitues
puis des haricots verts et enfin des radis.

Alors, ne se sentant pas très bien,
il chercha du persil.

Mais, au détour d'une serre où poussaient des concombres, il tomba sur Monsieur MacGregor.

Monsieur MacGregor était à quatre pattes,
en train de planter des choux, mais il se releva
aussitôt et courut après Pierre en brandissant
un râteau et en criant :
– Au voleur !

Pierre était terrifié. Il courut en tous sens
dans le jardin, car il ne retrouvait plus
le chemin de la sortie.
Il perdit une de ses chaussures parmi les choux

et l'autre parmi les pommes de terre.

Après avoir perdu ses chaussures, il se mit
à courir à quatre pattes. Il courait de plus
en plus vite et je crois qu'il aurait réussi
à s'enfuir s'il ne s'était pas pris les pattes
dans le filet qui protégeait les groseilliers.
Les boutons de sa veste s'accrochèrent
dans les mailles et il ne pouvait plus
s'en dépêtrer. C'était une veste toute
neuve avec des boutons en cuivre.

Pierre se crut perdu et il versa de grosses
larmes. Mais des moineaux, entendant
ses sanglots, vinrent se poser auprès
de lui et le supplièrent de se ressaisir.

Monsieur MacGregor surgit. Il tenait à la main
un tamis pour capturer Pierre. Mais celui-ci
parvint à se dégager juste à temps,
abandonnant sa veste derrière lui.

Alors il se précipita dans la cabane à outils
et sauta dans un arrosoir. L'arrosoir aurait été
une très bonne cachette s'il n'avait pas été
plein d'eau.

Monsieur MacGregor était sûr que le lapin
se cachait dans la cabane à outils, peut-être
sous un pot de fleurs renversé. Il retourna tous
les pots de fleurs et regarda sous chacun d'eux.
Un instant plus tard, Pierre éternua :
« Atchoum ! »
Monsieur MacGregor se précipita sur lui.

Il essaya de poser son pied sur le lapin mais
Pierre sauta par une fenêtre, renversant
au passage trois pots de fleurs. La fenêtre était
trop petite pour Monsieur MacGregor et,
d'ailleurs, il était fatigué de courir après Pierre.
Aussi retourna-t-il travailler dans son jardin.

Pierre s'assit pour se reposer. Il était hors d'haleine et tremblait de peur. Il n'avait pas la moindre idée du chemin à prendre pour rentrer chez lui. Et, en plus, il était tout mouillé à cause de l'arrosoir.

Peu après, il commença à explorer
les environs, à petits pas, regardant
tout autour de lui.
Il trouva une porte dans un mur. Mais elle
était fermée et il n'y avait pas moyen pour
un petit lapin dodu de se glisser dessous.

Une vieille souris allait et venait sur le pas
de la porte emportant des pois et des haricots
pour nourrir sa famille qui habitait dans
le bois. Pierre lui demanda le chemin à
prendre pour rejoindre le portail, mais elle
avait un si gros pois dans la bouche qu'elle
ne pouvait pas lui répondre. Elle se contenta
de le regarder en hochant la tête. Pierre
se mit à pleurer.

Puis il essaya de retrouver son chemin
en parcourant le jardin mais il était de plus
en plus perdu. Bientôt, il arriva près d'un
bassin où Monsieur MacGregor avait l'habitude
de remplir ses arrosoirs. Un chat blanc
observait attentivement des poissons dorés.
Il était assis, tout à fait immobile, mais
de temps en temps le bout de sa queue
remuait. Pierre estima plus prudent de passer
son chemin sans parler au chat. Son cousin
Jeannot l'avait mis en garde contre les chats.

Pierre revint vers la cabane à outils et soudain,
tout près de lui, il entendit le bruit d'une
binette raclant la terre, cric, cric, cric...
Pierre se cacha sous un buisson.

Mais bientôt, ne voyant rien venir, il reparut, grimpa dans une brouette et observa ce qui se passait. Il vit d'abord Monsieur MacGregor qui sarclait les oignons. Il tournait le dos à Pierre et là-bas, au fond, il y avait le portail.

Pierre descendit de la brouette le plus
silencieusement possible, puis il se mit
à courir aussi vite qu'il le put le long
d'une allée derrière les groseilliers.
Monsieur MacGregor l'aperçut au coin
de l'allée, mais Pierre ne s'en soucia guère.
Il se glissa sous le portail et parvint
à s'échapper dans les bois.

Monsieur MacGregor se servit de la veste
et des chaussures de Pierre pour fabriquer
un épouvantail et faire peur aux corbeaux.

Pierre courut sans s'arrêter ni même jeter
un coup d'œil derrière lui jusqu'au grand
sapin où il habitait.

Il était si fatigué qu'il se laissa tomber
sur le sable douillet qui recouvrait le sol
du terrier et ferma les yeux. Sa mère était
en train de faire la cuisine. Elle se demanda
ce que Pierre avait fait de ses vêtements. C'était
la deuxième veste et la deuxième paire
de chaussures qu'il perdait en quinze jours !

Je dois vous dire que Pierre ne se sentit pas
très bien pendant toute la soirée.
Sa mère le mit au lit, lui prépara une infusion
de camomille et lui en fit boire une bonne dose !
C'était comme un médicament : une cuillerée
à soupe le soir avant de se coucher !

Flopsaut, Trotsaut et Queue-de-Coton,
en revanche, eurent du pain, du lait
et des mûres pour leur dîner.

Fin

folio benjamin

La collection **folio benjamin** met à votre portée nos trésors des premières lectures à partager et à donner à lire aux enfants : les meilleurs auteurs et illustrateurs d'aujourd'hui qui savent **raconter**, faire **rêver**, rire, sourire, apprivoiser la vie quotidienne, ouvrir l'**imaginaire**, susciter câlins et confidences…

niveau 3
je sais bien lire

Voici quelques-uns des titres de niveau 3, **je sais bien lire**
(niveau de lecture établi par notre conseil pédagogique).

n° 13 par
Quentin Blake

n° 92 par
Ruth et Ken Brown

n° 18 par Roald Dahl
et Quentin Blake

n° 55 par Wilson Gage
et Marylin Hafner

n° 24 par
Colin McNaughton

n° 123 par
Hiawyn Oram
et Susan Varley

n° 99 par
Charles Perrault
et Fred Marcellino

n° 30 par
Serge Prokofiev
et Erna Voigt

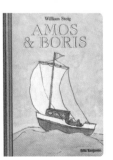

n° 86 par William Steig

n° 34 par Susan Varley

n° 121 par
Jeanne Willis
et Tony Ross